I0546654

VIOLETTES.

POÉSIES

Par M. A. BARBAN.

1859

SAINT-ÉTIENNE
IMPRIMERIE DE THÉOLIER AINE
PLACE DE L'HÔTEL-DE-VILLE.
1859

POÉSIES.

LE CHANT DU GRILLON.

Je suis le grillon du foyer,
Caché près du feu qui pétille,
Tout le soir gaîment je babille
    Sans m'ennuyer.

Chacun m'aime et chacun m'écoute
Quand de mon invisible abri
Mon joyeux ramage et mon cri
    Frappent la voûte.

Je suis l'hôte des laboureurs,
J'habite et j'aime leur chaumière ;
Mon chant adoucit leur misère
    Et leurs labeurs.

Quand au dehors siffle la bise
Dans les chênes et les ormeaux,
Que la grêle sur les vitraux
    Frappe et se brise ;

Que chacun, craignant la fureur
Des autans, s'enfuit au plus vite
Et que le lièvre dans son gîte
    Meurt de frayeur ;

Au fond de ma noire retraite,
Bien abrité dans mon logis,
Moi je dors, je chante et je ris
    De la tempête.

Lorsque l'hiver, de ses glaçons
A couvert et durci la terre,
Et que l'alouette, moins fière
    De ses chansons,

De froid grelotte et trouve à peine
Dans les sillons un vermisseau,
Que la neige, sous son manteau,
    Cache la plaine,

Moi, sans souci, près du foyer,
Bien chaud, bien clos dans ma retraite,
Je songe et vois de ma cachette
    Le feu briller.

J'aperçois la flamme bleuâtre
Courir sur les rouges tisons
Et monter en mille festons
    Du fond de l'âtre;

Et quand sous le manteau bruni
De notre large cheminée,
Chacun, sa tâche terminée,
    Est réuni,

D'ici j'écoute le grand'père
Dire des contes du vieux temps
Et vanter ses exploits brillants
    Durant la guerre.

Tournant son agile fuseau,
Je vois aussi la jeune fille
Grondant le marmot qui babille
    Dans son berceau.

Puis chacun disparait; la mère
Seule auprès de son jeune enfant
Reste, et murmure, en le berçant,
    Une prière.

Sans la troubler, je sais unir
Et mêler à son saint cantique
-Mon cri doux et mélancolique
    Pour l'endormir.

Puis tout se tait; le bruit sonore
Qui marque l'heure qui s'enfuit,
Seul jusqu'au fond de mon réduit
    M'arrive encore.

Enfin, dans mon palais blotti,
J'écoute sa voix qui résonne,
Et bientôt son chant monotone
M'endort aussi.

LE CHANT DE LA FILEUSE.

Tout en gardant mes agneaux,
Mes chevrettes, mes chevreaux,
Qui s'en vont par la colline,
A leur gré broutant l'épine
Ou le serpolet nouveau,
Moi je tourne mon fuseau.

Et si parfois mon troupeau
De moi s'écarte, Finau
Part d'un trait et le ramène,
Et sans prendre aucune peine,
A l'ombre de quelque ormeau,
Moi je tourne mon fuseau.

A l'aube, qu'il fasse beau
Ou mauvais temps, du hameau
Je pars et je m'achemine,
Suivant leur bande lutine
Sur la pente du coteau,
Tout en tournant mon fuseau.

S'il fait beau, sur les sommets,
En chantant quelques couplets
Doucement je me promène,
Chargeant de chanvre ou de laine
Ma quenouille de roseau ;
Tournez, tournez mon fuseau !

S'il pleut, je sais un rocher
Où le milan vient nicher ;
Il est tapissé de lierre,
Et s'inclinant vers la terre,
Il y forme un noir caveau ;
J'y vais tourner mon fuseau.

A midi, quand mes moutons
Languissants courbent leurs fronts,
Dans le vallon je les mène,
Vers une fraîche fontaine
Où se baigne leur troupeau.
Tournez, tournez mon fuseau !

Moi doucement je m'assieds
Sur le gazon ; à mes pieds,
Dans l'eau, frétille l'ablette ;
L'aimez-moi, la violette
Se mirent dans le ruisseau ;
Tournez, tournez mon fuseau !

Les saules et les sureaux
Sur ses bords, de leurs rameaux
Forment une voûte sombre
Pleine de fraîcheur et d'ombre
Où gaîment chante l'oiseau ;
Tournez, tournez mon fuseau !

Là, sans m'en apercevoir,
Je vois arriver le soir ;
Puis, mon troupeau je rassemble,
Et nous regagnons ensemble
Lentement notre hameau.
Tournez, tournez mon fuseau !

———

LE CHANT DU LABOUREUR.

Dès que blanchit l'aube naissante
Sur le sommet de nos coteaux,
De l'étable toute fumante
Je fais sortir mes blancs taureaux ;
J'attèle à ma lourde charrue
Leur front, au joug obéissant,
Et sous le soc qui le remue
Le sol bientôt crie et se fend.

Insensiblement la lumière-
S'étend plus claire sur nos champs ;
Voici l'heure où ma ménagère
Fait lever ses petits enfants ;
Un air frais court sur mon visage,
Tandis que mon bras vigoureux
Guide le docile attelage
Qui trace de longs sillons creux.

Déjà, derrière la colline,
Le soleil qu'elle cache encor,
A l'horizon qu'il illumine
Etend ses mille gerbes d'or ;
Il paraît, et de sa lumière,
Inonde les champs, les hameaux ;
Et ses rayons dorent la terre
Et le cou blanc de mes taureaux.

Dans les blés voisins , l'alouette
S'éveille, et s'envolant aux cieux,
S'élève joyeuse et répète
Dans les airs ses chants gracieux ;
Elle disparaît à ma vue,
Mais j'entends encore ses accents ;
Plus gai, je conduis ma charrue
Et mêle mes chants à ses chants.

Sous nos pieds, les bergeronnettes
Cherchent les vers dans les sillons
Et voltigent dessus nos têtes
Sans s'effrayer de mes chansons.
Mais au milieu de sa carrière ,
Quand le soleil brûle nos champs ,
Laissant les travaux de la terre,
Je dételle mes taureaux blancs.

Je vois de loin ma fille aînée,
Sur le chemin pressant le pas,
Nous apporter de la journée
Pour tous les trois notre repas ;
Pour moi, des œufs et du laitage,
Des châtaignes et du pain bis,
Et pour mon paisible attelage
Les feuilles fraîches du maïs.

Mais du soleil quand la colline
Cache le disque étincelant ,
, Que vers le sol parfois s'incline
De mes taureaux le front puissant,
Alors j'abandonne la plaine
Et la terre de nos labeurs,
Et chante, en gagnant mon domaine,
Les longs refrains des laboureurs.

Enfin j'arrive à ma chaumière ;
Je vois de loin mes blonds enfants ,
Près de ma jeune ménagère ,
Me tendre leurs bras caressants ;
Sous notre large cheminée,
Bientôt auprès d'eux réunis ,
J'oublierai de la journée
Et la fatigue et les ennuis.

LE CHANT DE L'ALOUETTE.

Je suis l'alouette
Qui preste et coquette ,
S'envolant aux cieux ,
S'élève et répète
Ses chants gracieux !

La plus diligente ,
Je m'éveille et chante
Sitôt qu'apparaît ,
De l'aube naissante ,
Le premier reflet.

Je fais ma toilette
Sous la fleur discrète
Qui cache mon nid ,
Et vois sur ma tête
L'ombre qui s'enfuit.

Quand sous la chaumière ,
Troupeaux et bergère
Reposent encor,
Moi, joyeuse et fière ,
Je prends mon essor.

De rosée humide,
Mon aile rapide
Fait, en s'agitant,
Briller l'eau limpide
D'un pur diamant!

Et quand sur la plaine,
Se roule et se traîne
Le brouillard impur,
La voûte sereine
M'ouvre son azur.

Des cieux je suis reine,
Et sans être vaine
Règne chaque jour ;
L'air est mon domaine,
L'aurore est ma cour.

Ma voix gracieuse
Egraine rieuse,
Dans l'air et les cieux,
La gamme moqueuse
De son chant joyeux.

Le soleil attire,
Tire, attire, tire
Vers lui mon essor
Qui vire et revire
Vers son globe d'or.

Ou bien douce et fière,
Disant à la terre
Un dernier adieu,
Comme une prière
S'élève vers Dieu.

LE CHANT DE L'ARABE.

Tu bondis, mon noble coursier,
Prêt à t'élancer dans l'arène,
Fouillant de ton sabot d'ébène
Le sol, impatient et fier!

Tu cours, tu voles dans l'espace,
Sans que jamais ton pied ailé,
Sur le sable qu'il a foulé,
Laisse la plus légère trace!

Tes crins sur ton front éclatant,
S'échappent en mèches épaisses,
Semblables aux soyeuses tresses
De quelque fille d'Orient,

Quand son indiscrète coiffure
Parfois laisse, en se dénouant,
Dérouler et flotter au vent
Les anneaux de sa chevelure!

Ton dos est un rocher luisant
Que polit une eau caressante!
Ta queue est la robe ondoyante
D'un riche prince du levant!

Ton pas devance la gazelle
Qui fuit au-devant du limier;
Tes pieds à peine font plier
La tige de l'herbe nouvelle!

Ton col est un jeune palmier
Qui croit auprès d'une fontaine!
Tes naseaux, l'antre de l'hyène;
Ton front, un bouclier d'acier!

Ton galop ressemble au tonnerre
Qui sur les monts passe en grondant,
De son terrible roulement
Faisant trembler l'air et la terre!

Tes yeux ont l'éclat des gémeaux,
Dont l'astre brillant étincelle ;
Ta robe est plus blanche que l'aile
Des cignes qui fendent les eaux !

Ta crinière, c'est le nuage
Ondulé qui sur les déserts
Flotte en blanchissant dans les airs,
Poussé par le vent de l'orage !

Fidèle à la loi du Coran,
J'ai soin de suspendre à ta tête,
Dans un sachet, une amulette
Dont m'a fait don notre sultan.

Le soir, sans crainte, vers ma tente,
Repose, mon noble coursier,
Et près de moi de l'olivier
Pais la feuille odoriférante.

Et si je meurs, meurs avec moi,
Afin que sous une autre aurore
Mon ombre heureuse puisse encore
Parcourir l'espace avec toi !

BALLADE AU VENT.

Quel es-tu, Sylphe follet,
Qui, de ton aile indiscrète,
De ma modeste chambrette
    Bats le volet ?

Il est tard ; la nuit est close ;
Les lutins et les esprits
Seuls rôdent pendant les nuits,
    Quand tout repose.

Va, gronde, chante ou gémis ;
C'est en vain, et ma demeure
N'est ouverte à pareille heure
    Qu'à mes amis.

Va-t-en; mais non, je devine,
Et, si je ne t'aperçois,
Je connais au moins ta voix
    Vive et lutine.

C'est elle qui si souvent
Cause et chante à mon oreille,
Que je dorme ou que je veille,
    La voix du vent;

Cette voix qui, d'habitude,
Aime et choisit mon foyer
Et, le soir, vient égayer
    Ma solitude.

Salut donc, hôte inconnu
Qui visites ma chambrette!
Viens, et sois dans ma retraite
    Le bien venu!

Mais quel es-tu? Qui t'envoie?
Quittes-tu les sombres bords
De l'abîme où le remords
    Poursuit sa proie?

Viens-tu du séjour divin
Où la beauté n'a point d'âge,
Le bonheur n'a plus d'orage,
    Le jour, de fin?

Dans ta course vagabonde,
Glanes-tu, capricieux,
Un son plaintif ou joyeux
    Dans chaque monde?

Es-tu le cri douloureux
Qui sort de ces noirs abîmes,
Ou l'écho des chants sublimes
    Des bienheureux!

Mais pourquoi de ton essence
Soulever le voile épais?
Dieu nous cacha les secrets
    De sa science;

Et, de peur qu'on les surprit,
Y mit, comme en toute chose,
Un point dont la lettre est close
    Pour notre esprit.

Et que m'importe, en l'espace,
Et pour arriver à moi,
Si son immuable loi
    Fixe ta trace !

Si celui qui te créa
Te fit lutin, sylphe ou gnome,
Et de quel subtil atome
    Il te forma !

Que m'importe qui te mène,
Où tu vas et d'où tu sors,
Si pour moi de doux accords
    Ta voix est pleine !

A son chant capricieux
Mon cœur paresseux s'enchaîne,
Et bientôt elle m'entraîne
    Sous d'autres cieux.

Dans une vague harmonie,
Dans un long ravissement,
Elle berce doucement
    Ma rêverie.

Je crois d'un céleste chœur
Entendre au loin le murmure,
Ou l'hymne de la nature
    Au Créateur.

Si ton aile caressante
Sur mon front vient se poser,
Je crois sentir un baiser
    De mon amante;

Je crois entendre l'aveu
Que, tout bas, à mon oreille
Elle murmurait, la veille,
    Dans un adieu;

Ou les refrains que ma mère,
Quand j'étais petit enfant,
Fredonnait en me berçant,
    Dans sa chaumière.

Oui, j'aime entendre ta voix
Qui, la nuit, mystérieuse,
Pleure ou chante, harmonieuse,
    Au fond des bois.

Comme un papillon volage
Qui, sans choix, parmi les fleurs
Poursuit parfums et couleurs
    Dans son voyage,

Ainsi tu fais ta moisson
De tout bruit qui, d'aventure,
Retentit dans la nature,
    Pour ta chanson.

Une lyre harmonieuse
Est moins douce que le bruit
De ton aile, dans la nuit
    Silencieuse,

Quand tu frôles les rameaux
De lilas et d'églantine
Qui tapissent ma chaumine
    De leurs berceaux ;

Quand ton souffle errant anime
Le tremble et du peuplier
Fait balancer et plier
    La haute cime ;

Ou lorsque, près du ruisseau,
Tu t'en vas, amant volage,
Folâtrer sur leur rivage,
    Dans les roseaux.

Si ton aile, d'aventure
Aux sapins vient se heurter,
Ou des pins vient fouetter
    La chevelure,

Je crois entendre la mer
Gronder sous l'âpre feuillage
Et rouler sur le rivage
    Son flot amer.

Si du vieux cloître gothique
Tu visites le préau,
Si, franchissant du château
    Le seuil antique,

Tu t'égares dans les cours,
Dans les salles effondrées,
Sous les voûtes déchirées
    Des hautes tours,

Soudain, dans la morne enceinte,
J'entends un sinistre bruit
Qui s'élève et retentit
    Comme une plainte,

Et, réveillant les échos
Qui dorment dans les décombres,
Roule sous les voûtes sombres
    Des vieux caveaux ;

J'entends les voix sépulcrales
Des châtelains, des barons
Qui, soulevant de leurs fronts
    Les larges dalles

De leur tombe, vont le soir,
Traînant leur pesante armure,
Errer dans la cour obscure
    De leur manoir.

A ce lugubre murmure,
Le fermier, qui doucement
Rêvait, tout en cheminant,
    Sur sa monture,

Frissonne, et de l'éperon
Presse sa maigre cavale
Devant la tour féodale
    Du vieux baron.

Plus loin ta course t'entraîne,
Et de la cime des monts
Tu roules dans les vallons
    Et dans la plaine,

Où tes longs gémissements
Réveillent le chien fidèle
Qui, bientôt à ta voix mêle
    Ses hurlements;

La pieuse ménagère
Qui, près de son jeune enfant,
Murmurait, en le berçant,
    Une prière,

S'interrompt, et du foyer
Ranimant la cendre éteinte
Devant une image sainte
    S'en va prier;

Ainsi la pauvre hirondelle,
Dressant la tête à ce bruit,
Inquiète, sur son nid
    Etend son aile.

Puis, ton souffle impétueux
Dans le chêne centenaire
Qui courbe sur ma chaumière
    Son tronc noueux,

S'élance et siffle avec rage,
Brisant les rameaux flétris,
Couvrant mon toit des débris
    De son feuillage.

La tourmente hurle et mugit,
Etreignant le vieil athlète,
Qui, vaincu, courbant la tête,
    Crie et gémit.

On dirait que les phalanges
Innombrables de l'enfer
Se heurtent et frappent l'air
    De cris étranges.

Puis, ta colère soudain
S'apaise, et de ma demeure,
Qu'en passant ton aile effleure,
    Tu vas, au loin,

Gazouiller dans la feuillée,
Et ton doux frémissement
Se perd insensiblement
    Dans la vallée.

———

LE MYOSOTIS.

Dans le vallon, sous la verdure,
Un argentin petit ruisseau
S'écoule avec un frais murmure
Plus doux que le chant de l'oiseau.

Marguerite, ma bien-aimée,
Tu connais le charmant ruisseau,
Tu connais l'ombreuse vallée
Où nous rêvions au bord de l'eau !

La vigne aux lianes grimpantes
S'unit aux aunes élancés
Et dans les ondes frissonnantes
Baigne leurs rameaux enlacés.

Dans une douce rêverie
Perdu, laissant errer mes pas,
Près du ruisseau, dans la prairie,
Je vis le Ne m'oubliez pas.

Dans sa corolle déposée,
Tremblant au souffle du zéphyr,
Une larme de la rosée
Y scintillait comme un saphir.

En voyant la fleur azurée
Qui près du bord me souriait,
Je crus voir de ma fiancée
L'œil bleu qui, de loin, m'attirait,

Je cueillis cette fleur charmante,
M'écriant : Ne m'oubliez pas !
Et l'écho, doux comme une amante,
Soupira : Ne m'oubliez pas !

LES CLOCHETTES.

Sitôt que l'aurore
Blanchit dans les cieux,
Sitôt qu'elle dore
Les pins de ses feux,
Quittant ma chaumine,
Quittant le hameau,
Gai ! je m'achemine
Le long du coteau.
Tin, tin, tin, tin, c'est la clochette,
Tin, tin, tin, tin, de mes chevreaux,
Tin, tin, tin, tin, qu'au loin répète
Tin, tin, tin, la voix des échos.

Gai ! je m'achemine,
Tournant mon fuseau,
Près de la colline,
Où de mon troupeau
La bande lutine,
Le long du chemin,
Va, broutant l'épine
Du buisson voisin.
Tin, tin, etc.

Ils broutent l'épine
Du buisson voisin,
Le thym, l'églantine,
Au bord du ravin ;
Puis dans les bruyères,
Bientôt bondissant,
Leurs troupes légères
Vont, se dispersant.
Tin, tin, etc.

Leurs troupes légères,
Bondissant gaîment
Parmi les fougères,
Je les suis, rêvant.
S'il faut que je dise
Mon secret, tout bas,
Vers la roche grise,
Il m'attend là-bas.

Tin, tin, etc.

Je laisse à leur guise
S'égarer leurs pas;
S'il faut que je dise
Mon secret, tout bas,
Je crois que je l'aime;
Mais n'en dites rien,
Assez tôt lui-même,
Il le saura bien.

Tin, tin, etc.

Vers la roche grise,
Je veux, avant lui,
Sur la mousse assise,
L'attendre aujourd'hui.
Mais, quelle surprise!
J'entends un refrain
Qu'apporte la brise,
Comme un chant lointain.

Tin, tin, tin, tin, c'est la clochette
Tin, tin, tin, tin, de ses chevreaux,
Tin, tin, tin, tin, qu'au loin répète
Tin, tin, tin, la voix des échos.

JEANNE.

Qui vient m'éveiller sitôt?
Je faisais un si doux songe!
Je m'en souviens mot à mot,
Claude... ..., serait-ce un mensonge?
Qui vient m'éveiller sitôt?

Tiens, c'est Finaud qui soulève,
Soulève et lèche ma main !
C'est bon, Finaud, je me lève ;
Mais, hélas ! Claude est bien loin ;
Tant pis, ce n'était qu'un rêve !

A bas Finaud, taisez-vous !
N'éveillons pas la fermière
Qui repose près de nous ;
Puis son époux ne dort guère,
Du valet il est jaloux.

A travers ma vitre close
Glisse un rayon de soleil ;
J'entends le maitre qui cause ;
Vite chassons le sommeil.
Le grabat où je repose

Dame, n'est qu'un lit de foin,
Et pourtant, en conscience,
J'y dors du soir au matin,
Et voudrais, lorsque j'y pense,
Que la nuit n'eût pas de fin.

Mais sitôt que la lumière
Du jour point à l'horizon,
Avant même la fermière,
Il faut que dans la maison
Je sois sur pied la première.

Je l'avoue, en commençant,
Le métier me semblait rude ;
Puis, j'étais encore enfant,
J'en avais peu l'habitude,
Et ce n'est pas étonnant ;

Lorsque j'étais chez ma mère,
Je n'en faisais qu'à mon gré ;
Mais elle a suivi mon père
Au ciel, et bon gré malgré
Ici je devins bergère.

Chaque jour j'allais aux champs ;
Oh ! je n'avais pas grand peine !
Je gardais les moutons blancs

Par les prés, filant leur laine;
Ça n'a pas duré longtemps!

Sitôt que j'eus pris de l'âge,
Au mois d'août j'aurai seize ans,
On me chargea du ménage;
Je pleurai mes moutons blancs;
Mais j'eus trente écus de gage.

C'est joli quand on n'a rien!
Aussi, sans plaindre l'ouvrage,
De bon cœur fis-je le mien.
L'argent que je lui ménage,
Maître Pierre le sait bien!

Je suis première servante
Et presque maîtresse ici;
La fermière est indolente,
Moi je prends peine, souci:
De la sorte elle est contente.

Le fermier n'est pas méchant,
Il me fait très-bon visage,
Et je crois même, vraiment,
Oui, je crois qu'un peu moins sage
Je lui plairais tout autant.

Oh! mais on n'est pas coquette!
Du matin jusqu'au soir,
Travaillant tout d'une traite,
Il faut, de l'aire au lavoir,
Toujours sur pied, toujours prête,

Courir sans désemparer;
Ramener du pâturage
Les bœufs qui vont labourer;
Donner à chacun l'ouvrage
Qui lui convient; préparer

Le repas et la pitance
Des hommes, des animaux.
Tout de même, quand j'y pense,
Il faut pour tous les travaux
Une grande prévoyance!

Tout faire et songer à tout,
Ce n'est pas petite affaire,
Et, pour en venir à bout,
Dame, une journée entière,
Ce n'est pas encore beaucoup!

Il me faut laver et traire,
Mener au pré les agneaux ;
D'une robe de leur mère,
Aux marmots de maître Pierre
Faire des habits nouveaux ;

De la cuisine à l'étable,
De l'étable au poulailler,
Tout le jour, infatigable,
Aller, venir et veiller ;
Garnir la crèche et la table ;

Bœufs et taureaux délier ;
Puis, on a son amour-propre,
Et, de la cave au grenier,
Moi, j'aime que tout soit propre
Et luisant comme l'acier.

Mais si j'ai beaucoup de peine,
En revanche, assurément,
J'ai pourtant, dans le domaine,
Quelquefois de l'agrément.
Quand je porte dans la plaine

Aux manœuvres leur repas,
Je reviens par la varenne,
Malgré moi pressant le pas,
Car Claude, j'en suis certaine,
Chaque jour m'attend là bas.

Un soir, suivant la vallée,
Tout auprès de son moulin
Par hasard j'étais allée,
Et je l'aperçus de loin,
Me guettant sous la saulée.

Quand j'y passe, chaque fois
Depuis il en est de même,
Et voici bientôt trois mois ;

Dame, il faut croire qu'il m'àime !
Je l'aime aussi, je le crois.

Près de lui je suis honteuse,
Je rougis sans le vouloir ;
Pourtant, je me sens heureuse,
Et, si je ne puis le voir,
Je m'envais triste et songeuse.

Lui, c'est la même chanson !
Il me regarde et soupire.
Moi, si j'étais un garçon,
Je crois que je saurais dire,
Sans faire tant de façon :

Jeanne, quitte la fermière,
Prends ce bouquet d'églantier,
Tu vas devenir meunière,
Nous allons nous marier :
Tu seras heureuse et fière.

Oh ! cela, je le sais bien,
Claude tout bas le désire ;
Mais tout haut, pour notre bien,
Au moins il devrait le dire !
Puis, quand on s'aime, il n'est rien

De si doux, je m'imagine,
Quand, par les prés, deux à deux,
Tout doucement on chemine,
Que d'entendre un amoureux
Vous dire, je le devine,

Qu'il vous aime, nuit et jour,
Qu'à vous il pense sans cesse,
Et qu'il demande en retour,
Et pour prix de sa tendresse,
De lui rendre un peu d'amour.

Alors, d'une voix tremblante,
On répond que l'on verra,
Ajoutant, s'il vous tourmente,
Que peut-être on l'aimera
Si sa tendresse est constante.

. . . .
. . . .

Ainsi, tout en s'habillant,
Parlait Jeanne la servante,
Quand Finaud, traitreusement
Me flairant par une fente,
L'interrompit bruyamment.

Et vraiment c'était dommage !
A travers la cloison,
J'écoutais son babillage,
Doux mélange de raison,
De gaîté, d'enfantillage.

Je voyais s'épanouir
Doucement son frais visage
Au gracieux souvenir
Dont elle évoquait l'image,
A ses projets d'avenir ;

Mais Jeanne, à ce bruit perfide
Tressaillant, se tut soudain ;
Longtemps, d'une oreille avide,
J'écoutai ; ce fut en vain.
Comme une biche timide,

Que le son d'un cor d'airain
A surprise, Jeanne émue,
Rougissante, sous le lin
Cacha son épaule nue,
Et je n'entendis plus rien.

Puis, achevant sa toilette
Loin de mon œil indiscret,
Dans un coin de sa retraite,
D'un pas furtif et discret,
Elle quitta sa chambrette.

De ce récit simple et vrai
J'ai conservé la mémoire ;
Sa fin, je vous la dirai,
Quelque jour, à la Rivoire
Lorsque je retournerai.

Imp. de Théolier aîné.

www.ingramcontent.com/pod-product-compliance
Lightning Source LLC
Chambersburg PA
CBHW061733180626
46818CB00006B/2592